HÉSIODE ÉDITIONS

GUSTAVE FLAUBERT

La Légende de
Saint Julien L'Hospitalier

Hésiode éditions

© Hésiode éditions.

1 rue Honoré - 93500 Pantin.
ISBN 978-2-38512-209-6
Dépôt légal : Février 2023

Impression Books on Demand GmbH

In de Tarpen 42
22848 Norderstedt, Allemagne

La Légende de
Saint Julien L'Hospitalier

I

Le père et la mère de Julien habitaient un château, au milieu des bois, sur la pente d'une colline.

Les quatre tours aux angles avaient des toits pointus recouverts d'écailles de plomb, et la base des murs s'appuyait sur les quartiers de rocs, qui dévalaient abruptement jusqu'au fond des douves.

Les pavés de la cour étaient nets comme le dallage d'une église. De longues gouttières, figurant des dragons la gueule en bas, crachaient l'eau des pluies vers la citerne ; et sur le bord des fenêtres, à tous les étages, dans un pot d'argile peinte, un basilic ou un héliotrope s'épanouissait.

Une seconde enceinte, faite de pieux, comprenait d'abord un verger d'arbres à fruits, ensuite un parterre où des combinaisons de fleurs dessinaient des chiffres, puis une treille avec des berceaux pour prendre le frais, et un jeu de mail qui servait au divertissement des pages. De l'autre côté se trouvaient le chenil, les écuries, la boulangerie, le pressoir et les granges. Un pâturage de gazon vert se développait tout autour, enclos lui-même d'une forte haie d'épines.

On vivait en paix depuis si longtemps que la herse ne s'abaissait plus ; les fossés étaient pleins d'herbe ; des hirondelles faisaient leur nid dans la fente des créneaux ; et l'archer qui tout le long du jour se promenait sur la courtine, dès que le soleil brillait trop fort, rentrait dans l'échauguette, et s'endormait comme un moine.

À l'intérieur, les ferrures partout reluisaient ; des tapisseries dans les chambres protégeaient du froid ; et les armoires regorgeaient de linge, les tonnes de vin s'empilaient dans les celliers, les coffres de chêne craquaient sous le poids des sacs d'argent.

On voyait dans la salle d'armes, entre des étendards et des mufles de bêtes fauves, des armes de tous les temps et de toutes les nations, depuis les frondes des Amalécites et les javelots des Garamantes jusqu'aux braquemarts des Sarrasins et aux cottes de mailles des Normands.

La maîtresse broche de la cuisine pouvait faire tourner un bœuf ; la chapelle était somptueuse comme l'oratoire d'un roi. Il y avait même, dans un endroit écarté, une étuve à la romaine ; mais le bon seigneur s'en privait, estimant que c'est un usage des idolâtres.

Toujours enveloppé d'une pelisse de renard, il se promenait dans sa maison, rendait la justice à ses vassaux, apaisait les querelles de ses voisins. Pendant l'hiver, il regardait les flocons de neige tomber, ou se faisait lire des histoires. Dès les premiers beaux jours, il s'en allait sur sa mule le long des petits chemins, au bord des blés qui verdoyaient, et causait avec les manants, auxquels il donnait des conseils. Après beaucoup d'aventures, il avait pris pour femme une demoiselle de haut lignage.

Elle était très blanche, un peu fière et sérieuse. Les cornes de son hennin frôlaient le linteau des portes ; la queue de sa robe de drap traînait de trois pas derrière elle. Son domestique était réglé comme l'intérieur d'un monastère ; chaque matin elle distribuait la besogne à ses servantes, surveillait les confitures et les onguents, filait à la quenouille ou brodait des nappes d'autel. À force de prier Dieu, il lui vint un fils.

Alors il y eut de grandes réjouissances, et un repas qui dura trois jours et quatre nuits, dans l'illumination des flambeaux, au son des harpes, sur des jonchées de feuillages. On y mangea les plus rares épices, avec des poules grosses comme des moutons ; par divertissement, un nain sortit d'un pâté ; et, les écuelles ne suffisant plus, car la foule augmentait toujours, on fut obligé de boire dans les oliphants et dans les casques.

La nouvelle accouchée n'assista pas à ces fêtes. Elle se tenait dans son lit, tranquillement. Un soir, elle se réveilla, et elle aperçut, sous un rayon de la lune qui entrait par la fenêtre, comme une ombre mouvante. C'était un vieillard en froc de bure, avec un chapelet au côté, une besace sur l'épaule, toute l'apparence d'un ermite. Il s'approcha de son chevet et lui dit, sans desserrer les lèvres :

– Réjouis-toi, ô mère ! ton fils sera un saint !

Elle allait crier ; mais, glissant sur les rais de la lune, il s'éleva dans l'air doucement, puis disparut. Les chants du banquet éclatèrent plus fort. Elle entendit les voix des anges ; et sa tête retomba sur l'oreiller, que dominait un os de martyr dans un cadre d'escarboucles.

Le lendemain, tous les serviteurs interrogés déclarèrent qu'ils n'avaient pas vu d'ermite. Songe ou réalité, cela devait être une communication du ciel ; mais elle eut soin de n'en rien dire, ayant peur qu'on ne l'accusât d'orgueil.

Les convives s'en allèrent au petit jour ; et le père de Julien se trouvait en dehors de la poterne, où il venait de reconduire le dernier, quand tout à coup un mendiant se dressa devant lui, dans le brouillard. C'était un Bohême à barbe tressée, avec des anneaux d'argent aux deux bras et les prunelles flamboyantes. Il bégaya d'un air inspiré ces mots sans suite :

– Ah ! ah ! ton fils !… beaucoup de sang !… beaucoup de gloire !… toujours heureux ! la famille d'un empereur.

Et, se baissant pour ramasser son aumône, il se perdit dans l'herbe, s'évanouit.

Le bon châtelain regarda de droite et de gauche, appela tant qu'il put. Personne. Le vent sifflait, les brumes du matin s'envolaient.

Il attribua cette vision à la fatigue de sa tête pour avoir trop peu dormi.

« Si j'en parle, on se moquera de moi, » se dit-il.

Cependant les splendeurs destinées à son fils l'éblouissaient, bien que la promesse n'en fût pas claire et qu'il doutât même de l'avoir entendue.

Les époux se cachèrent leur secret. Mais tous deux chérissaient l'enfant d'un pareil amour ; et, le respectant comme marqué de Dieu, ils eurent pour sa personne des égards infinis. Sa couchette était rembourrée du plus fin duvet ; une lampe en forme de colombe brûlait dessus, continuellement ; trois nourrices le berçaient ; et, bien serré dans ses langes, la mine rose et les yeux bleus, avec son manteau de brocart et son béguin chargé de perles, il ressemblait à un petit Jésus. Les dents lui poussèrent sans qu'il pleurât une seule fois.

Quand il eut sept ans, sa mère lui apprit à chanter. Pour le rendre courageux, son père le hissa sur un gros cheval. L'enfant souriait d'aise, et ne tarda pas à savoir tout ce qui concerne les destriers.

Un vieux moine très savant lui enseigna l'Écriture sainte, la numération des Arabes, les lettres latines, et à faire sur le vélin des peintures mignonnes. Ils travaillaient ensemble, tout en haut d'une tourelle, à l'écart du bruit.

La leçon terminée, ils descendaient dans le jardin, où, se promenant pas à pas, ils étudiaient les fleurs.

Quelquefois on apercevait, cheminant au fond de la vallée, une file de bêtes de somme, conduites par un piéton, accoutré à l'orientale. Le châtelain, qui l'avait reconnu pour un marchand, expédiait vers lui un valet. L'étranger, prenant confiance, se détournait de sa route ; et, introduit dans le parloir, il retirait de ses coffres des pièces de velours et de soie, des orfèvreries, des aromates, des choses singulières d'un usage inconnu ; à la fin le bonhomme s'en allait, avec un gros profit, sans avoir enduré aucune violence. D'autres fois, une troupe de pèlerins frappait à la porte. Leurs habits mouillés fumaient devant l'âtre ; et, quand ils étaient repus, ils racontaient leurs voyages : les erreurs des nefs sur la mer écumeuse, les marches à pied dans les sables brûlants, la férocité des païens, les cavernes de la Syrie, la Crèche et le Sépulcre. Puis ils donnaient au jeune seigneur des coquilles de leur manteau.

Souvent le châtelain festoyait ses vieux compagnons d'armes. Tout en buvant, ils se rappelaient leurs guerres, les assauts des forteresses avec le battement des machines et les prodigieuses blessures. Julien, qui les écoutait, en poussait des cris ; alors son père ne doutait pas qu'il ne fût plus tard un conquérant. Mais le soir, au sortir de l'Angélus, quand il passait entre les pauvres inclinés, il puisait dans son escarcelle avec tant de modestie et d'un air si noble, que sa mère comptait bien le voir par la suite archevêque.

Sa place dans la chapelle était aux côtés de ses parents ; et, si longs que fussent les offices, il restait à genoux sur son prie-Dieu, la toque par terre et les mains jointes.

Un jour, pendant la messe, il aperçut, en relevant la tête, une petite souris blanche qui sortait d'un trou, dans la muraille. Elle trottina sur la première marche de l'autel, et, après deux ou trois tours de droite et de gauche, s'enfuit du même côté. Le dimanche suivant, l'idée qu'il pourrait la revoir le troubla. Elle revint ; et, chaque dimanche il l'attendait, en était importuné, fut pris de haine contre elle, et résolut de s'en défaire.

Ayant donc fermé la porte, et semé sur les marches les miettes d'un gâteau, il se posta devant le trou, une baguette à la main.

Au bout de très longtemps un museau rose parut, puis la souris tout entière. Il frappa un coup léger, et demeura stupéfait devant ce petit corps qui ne bougeait plus. Une goutte de sang tachait la dalle. Il l'essuya bien vite avec sa manche, jeta la souris dehors, et n'en dit rien à personne.

Toutes sortes d'oisillons picoraient les graines du jardin. Il imagina de mettre des pois dans un roseau creux. Quand il entendait gazouiller dans un arbre, il en approchait avec douceur, puis levait son tube, enflait ses joues ; et les bestioles lui pleuvaient sur les épaules si abondamment qu'il ne pouvait s'empêcher de rire, heureux de sa malice.

Un matin, comme il s'en retournait par la courtine, il vit sur la crête du rempart un gros pigeon qui se rengorgeait au soleil. Julien s'arrêta pour le regarder ; le mur en cet endroit ayant une brèche, un éclat de pierre se rencontra sous ses doigts. Il tourna son bras, et la pierre abattit l'oiseau qui tomba d'un bloc dans un fossé.

Il se précipita vers le fond, se déchirant aux broussailles, furetant partout, plus leste qu'un jeune chien.

Le pigeon, les ailes cassées, palpitait, suspendu dans les branches d'un troène.

La persistance de sa vie irrita l'enfant. Il se mit à l'étrangler ; et les convulsions de l'oiseau faisaient battre son cœur, l'emplissaient d'une volupté sauvage et tumultueuse. Au dernier roidissement, il se sentit défaillir.

Le soir, pendant le souper, son père déclara que l'on devait à son âge apprendre la vénerie ; et il alla chercher un vieux cahier d'écriture contenant, par demandes et réponses, tout le déduit des chasses. Un maître y démontrait à son élève l'art de dresser les chiens et d'affaiter les faucons, de tendre les pièges, comment reconnaître le cerf à ses fumées, le renard à ses empreintes, le loup à ses déchaussures, le bon moyen de discerner leurs voies, de quelle manière on les lance, où se trouvent ordinairement leurs refuges, quels sont les vents les plus propices, avec l'énumération des cris et les règles de la curée.

Quand Julien put réciter par cœur toutes ces choses, son père lui composa une meute.

D'abord on y distinguait vingt-quatre lévriers barbaresques, plus véloces que des gazelles, mais sujets à s'emporter ; puis dix-sept couples de chiens bretons, tiquetés de blanc sur fond rouge, inébranlables dans leur créance, forts de poitrine et grands hurleurs. Pour l'attaque du sanglier et les refuites périlleuses, il y avait quarante griffons, poilus comme des ours. Des mâtins de Tartarie, presque aussi hauts que des ânes, couleur de feu, l'échine large et le jarret droit, étaient destinés à poursuivre les aurochs. La robe noire des épagneuls luisait comme du satin ; le jappement des talbots valait celui des bigles chanteurs. Dans une cour à part, grondaient, en secouant leur chaîne et roulant leurs prunelles, huit dogues alains, bêtes formidables qui sautent au ventre des cavaliers et n'ont pas peur des lions.

Tous mangeaient du pain de froment, buvaient dans des auges de pierre, et portaient un nom sonore.

La fauconnerie, peut-être, dépassait la meute ; le bon seigneur, à force d'argent, s'était procuré des tiercelets du Caucase, des sacres de Babylone, des gerfauts d'Allemagne, et des faucons pèlerins, capturés sur les falaises, au bord des mers froides, en de lointains pays. Ils logeaient dans un hangar couvert de chaume, et, attachés par rang de taille sur le perchoir, avaient devant eux une motte de gazon, où de temps à autre on les posait afin de les dégourdir.

Des bourses, des hameçons, des chausse-trapes, toute sorte d'engins, furent confectionnés.

Souvent on menait dans la campagne des chiens d'oysel, qui tombaient bien vite en arrêt. Alors les piqueurs, s'avançant pas à pas, étendaient avec précaution sur leurs corps impassibles un immense filet. Un commandement les faisait aboyer ; des cailles s'envolaient ; et les dames des alentours conviées avec leurs maris, les enfants, les camérières, tout le monde se jetait dessus, et les prenait facilement.

D'autres fois, pour débucher les lièvres, on battait du tambour ; des renards tombaient dans des fosses, ou bien un ressort, se débandant, attrapait un loup par le pied.

Mais Julien méprisa ces commodes artifices ; il préférait chasser loin du monde, avec son cheval et son faucon. C'était presque toujours un grand tartaret de Scythie, blanc comme la neige. Son capuchon de cuir était surmonté d'un panache, des grelots d'or tremblaient à ses pieds bleus ; et il se tenait ferme sur le bras de son maître pendant que le cheval galopait, et que les plaines se déroulaient. Julien, dénouant ses longes, le lâchait tout à coup ; la bête hardie montait droit dans l'air comme une flèche ; et l'on voyait deux taches inégales tourner, se joindre, puis disparaître dans les hauteurs de l'azur. Le faucon ne tardait pas à descendre en déchirant quelque oiseau, et revenait se poser sur le gantelet, les deux ailes frémissantes.

Julien vola de cette manière le héron, le milan, la corneille et le vautour.

Il aimait, en sonnant de la trompe, à suivre ses chiens qui couraient sur le versant des collines, sautaient les ruisseaux, remontaient vers le bois ; et, quand le cerf commençait à gémir sous les morsures, il l'abattait prestement, puis se délectait à la furie des mâtins qui le dévoraient, coupé en pièces sur sa peau fumante.

Les jours de brume, il s'enfonçait dans un marais pour guetter les oies, les loutres et les halbrans.

Trois écuyers, dès l'aube, l'attendaient au bas du perron ; et le vieux moine, se penchant à sa lucarne, avait beau faire des signes pour le rappeler, Julien ne se retournait pas. Il allait à l'ardeur du soleil, sous la pluie, par la tempête, buvait l'eau des sources dans sa main, mangeait en trottant des pommes sauvages, s'il était fatigué se reposait sous un chêne ; et il rentrait au milieu de la nuit, couvert de sang et de boue, avec des épines dans les cheveux et sentant l'odeur des bêtes farouches. Il devint comme elles. Quand sa mère l'embrassait, il acceptait froidement son étreinte, paraissant rêver à des choses profondes.

Il tua des ours à coups de couteau, des taureaux avec la hache ; des sangliers avec l'épieu ; et même une fois, n'ayant plus qu'un bâton, se défendit contre des loups qui rongeaient des cadavres au pied d'un gibet.

Un matin d'hiver, il partit avant le jour, bien équipé, une arbalète sur l'épaule et un trousseau de flèches à l'arçon de la selle.

Son genet danois, suivi de deux bassets, en marchant d'un pas égal faisait résonner la terre. Des gouttes de verglas se collaient à son manteau, une brise violente soufflait. Un côté de l'horizon s'éclaircit ; et, dans la blancheur du crépuscule, il aperçut des lapins sautillant au bord de leurs terriers. Les deux bassets, tout de suite, se précipitèrent sur eux ; et, çà et là, vivement, leur brisaient l'échine.

Bientôt, il entra dans un bois. Au bout d'une branche, un coq de bruyère engourdi par le froid dormait la tête sous l'aile. Julien, d'un revers d'épée, lui faucha les deux pattes, et sans le ramasser continua sa route.

Trois heures après, il se trouva sur la pointe d'une montagne tellement haute que le ciel semblait presque noir. Devant lui, un rocher pareil à un long mur s'abaissait, en surplombant un précipice ; et, à l'extrémité, deux boucs sauvages regardaient l'abîme. Comme il n'avait pas ses flèches (car son cheval était resté en arrière), il imagina de descendre jusqu'à eux ; à demi courbé, pieds nus, il arriva enfin au premier des boucs, et lui enfonça un poignard sous les côtes. Le second, pris de terreur, sauta dans le vide. Julien s'élança pour le frapper, et, glissant du pied droit, tomba sur le cadavre de l'autre, la face au-dessus de l'abîme et les deux bras écartés.

Redescendu dans la plaine, il suivit des saules qui bordaient une rivière. Des grues, volant très bas, de temps à autre, passaient au-dessus de sa tête. Julien les assommait avec son fouet, et n'en manqua pas une.

Cependant l'air plus tiède avait fondu le givre, de larges vapeurs flottaient, et le soleil se montra. Il vit reluire tout au loin un lac figé, qui ressemblait à du plomb. Au milieu du lac, il y avait une bête que Julien ne connaissait pas, un castor à museau noir. Malgré la distance, une flèche l'abattit ; et il fut chagrin de ne pouvoir emporter la peau.

Puis il s'avança dans une avenue de grands arbres, formant avec leurs cimes comme un arc de triomphe, à l'entrée d'une forêt. Un chevreuil bondit hors d'un fourré, un daim parut dans un carrefour, un blaireau sortit d'un trou, un paon sur le gazon déploya sa queue ; – et quand il les eut tous occis, d'autres chevreuils se présentèrent, d'autres daims, d'autres blaireaux, d'autres paons, et des merles, des geais, des putois, des renards, des hérissons, des lynx, une infinité de bêtes, à chaque pas plus nombreuses. Elles tournaient autour de lui, tremblantes, avec un regard plein de douceur et de supplication. Mais Julien ne se fatiguait pas de tuer, tour à tour bandant son arbalète, dégainant l'épée, pointant du coutelas, et ne pensait à rien, n'avait souvenir de quoi que ce fût. Il était en chasse dans un pays quelconque, depuis un temps indéterminé, par le fait seul de sa propre existence, tout s'accomplissant avec la facilité que l'on éprouve dans les rêves. Un spectacle extraordinaire l'arrêta. Des cerfs emplissaient un vallon ayant la forme d'un cirque ; et tassés, les uns près des autres, ils se réchauffaient avec leurs haleines que l'on voyait fumer dans le brouillard.

L'espoir d'un pareil carnage, pendant quelques minutes, le suffoqua de plaisir. Puis il descendit de cheval, retroussa ses manches, et se mit à tirer.

Au sifflement de la première flèche, tous les cerfs à la fois tournèrent la tête. Il se fit des enfonçures dans leur masse ; des voix plaintives s'élevaient, et un grand mouvement agita le troupeau.

Le rebord du vallon était trop haut pour le franchir. Ils bondissaient dans l'enceinte, cherchant à s'échapper. Julien visait, tirait ; et les flèches tombaient comme les rayons d'une pluie d'orage. Les cerfs rendus furieux se battirent, se cabraient, montaient les uns par-dessus les autres ; et leurs corps avec leurs ramures emmêlées faisaient un large monticule, qui s'écroulait, en se déplaçant.

Enfin ils moururent, couchés sur le sable, la bave aux naseaux, les entrailles sorties, et l'ondulation de leurs ventres s'abaissant par degrés. Puis tout fut immobile.

La nuit allait venir ; et derrière le bois, dans les intervalles des branches, le ciel était rouge comme une nappe de sang.

Julien s'adossa contre un arbre. Il contemplait d'un œil béant l'énormité du massacre, ne comprenant pas comment il avait pu le faire.

De l'autre côté du vallon, sur le bord de la forêt, il aperçut un cerf, une biche et son faon.

Le cerf, qui était noir et monstrueux de taille, portait seize andouillers avec une barbe blanche. La biche, blonde comme les feuilles mortes, broutait le gazon ; et le faon tacheté, sans l'interrompre dans sa marche, lui tétait la mamelle.

L'arbalète encore une fois ronfla. Le faon, tout de suite, fut tué. Alors sa mère, en regardant le ciel, brama d'une voix profonde, déchirante, humaine. Julien exaspéré, d'un coup en plein poitrail, l'étendit par terre.

Le grand cerf l'avait vu, fit un bond. Julien lui envoya sa dernière flèche. Elle l'atteignit au front, et y resta plantée.

Le grand cerf n'eut pas l'air de la sentir ; en enjambant par-dessus les morts, il avançait toujours, allait fondre sur lui, l'éventrer ; et Julien reculait dans une épouvante indicible. Le prodigieux animal s'arrêta ; et les yeux flamboyants, solennel comme un patriarche et comme un justicier, pendant qu'une cloche au loin tintait, il répéta trois fois :

– Maudit ! maudit ! maudit ! Un jour, cœur féroce, tu assassineras ton père et ta mère !

Il plia les genoux, ferma doucement ses paupières, et mourut.

Julien fut stupéfait, puis accablé d'une fatigue soudaine ; et un dégoût, une tristesse immense l'envahit. Le front dans les deux mains, il pleura pendant longtemps.

Son cheval était perdu ; ses chiens l'avaient abandonné ; la solitude qui l'enveloppait lui sembla toute menaçante de périls indéfinis. Alors, poussé par un effroi, il prit sa course à travers la campagne, choisit au hasard un sentier, et se trouva presque immédiatement à la porte du château.

La nuit, il ne dormit pas. Sous le vacillement de la lampe suspendue, il revoyait toujours le grand cerf noir. Sa prédiction l'obsédait ; il se débattait contre elle :

– Non ! non ! non ! je ne peux pas les tuer !

Puis il songeait :

– Si je le voulais, pourtant ?...

Et il avait peur que le Diable ne lui en inspirât l'envie.

Durant trois mois, sa mère en angoisse pria au chevet de son lit, et son père, en gémissant, marchait continuellement dans les couloirs. Il manda les maîtres mires les plus fameux, lesquels ordonnèrent des quantités de drogues. Le mal de Julien, disaient-ils, avait pour cause un vent funeste, ou un désir d'amour. Mais le jeune homme, à toutes les questions, secouait la tête.

Les forces lui revinrent ; et on le promenait dans la cour, le vieux moine et le bon seigneur le soutenant chacun par un bras. Quand il fut rétabli complètement, il s'obstina à ne point chasser.

Son père, le voulant réjouir, lui fit cadeau d'une grande épée sarrasine.

Elle était au haut d'un pilier, dans une panoplie. Pour l'atteindre, il fallut une échelle. Julien y monta. L'épée trop lourde lui échappa des doigts, et en tombant frôla le bon seigneur de si près que sa houppelande en fut coupée ; Julien crut avoir tué son père, et s'évanouit.

Dès lors, il redouta les armes. L'aspect d'un fer nu le faisait pâlir. Cette faiblesse était une désolation pour sa famille.

Enfin le vieux moine, au nom de Dieu, de l'honneur et des ancêtres, lui commanda de reprendre ses exercices de gentilhomme.

Les écuyers, tous les jours, s'amusaient au maniement de la javeline. Julien y excella bien vite. Il envoyait la sienne dans le goulot des bouteilles, cassait les dents des girouettes, frappait à cent pas les clous des portes.

Un soir d'été, à l'heure où la brume rend les choses indistinctes, étant sous la treille du jardin, il aperçut tout au fond deux ailes blanches qui voletaient à la hauteur de l'espalier. Il ne douta pas que ce ne fût une cigogne ; et il lança son javelot.

Un cri déchirant partit.

C'était sa mère, dont le bonnet à longues barbes restait cloué contre le mur.

Julien s'enfuit du château, et ne reparut plus.

II

Il s'engagea dans une troupe d'aventuriers qui passaient.

Il connut la faim, la soif, les fièvres et la vermine. Il s'accoutuma au fracas des mêlées, à l'aspect des moribonds. Le vent tanna sa peau. Ses membres se durcirent par le contact des armures ; et comme il était très fort, courageux, tempérant, avisé, il obtint sans peine le commandement d'une compagnie.

Au début des batailles, il enlevait ses soldats d'un grand geste de son épée. Avec une corde à nœuds, il grimpait aux murs des citadelles, la nuit, balancé par l'ouragan, pendant que les flammèches du feu grégeois se collaient à sa cuirasse, et que la résine bouillante et le plomb fondu ruisselaient des créneaux. Souvent le heurt d'une pierre fracassa son bouclier. Des ponts trop chargés d'hommes croulèrent sous lui. En tournant sa masse d'armes, il se débarrassa de quatorze cavaliers. Il défit, en champ clos, tous ceux qui se proposèrent. Plus de vingt fois, on le crut mort.

Grâce à la faveur divine, il en réchappa toujours ; car il protégeait les gens d'église, les orphelins, les veuves, et principalement les vieillards.

Quand il en voyait un marchant devant lui, il criait pour connaître sa figure, comme s'il avait eu peur de le tuer par méprise.

Des esclaves en fuite, des manants révoltés, des bâtards sans fortune, toutes sortes d'intrépides affluèrent sous son drapeau, et il se composa une armée.

Elle grossit. Il devint fameux. On le recherchait.

Tour à tour, il secourut le dauphin de France et le roi d'Angleterre, les templiers de Jérusalem, le suréna des Parthes, le négud d'Abyssinie et l'empereur de Calicut. Il combattit des Scandinaves recouverts d'écailles de poisson, des Nègres munis de rondaches en cuir d'hippopotame et montés sur des ânes rouges, des Indiens couleur d'or et brandissant par-dessus leurs diadèmes de larges sabres, plus clairs que des miroirs. Il vainquit les Troglodytes et les Anthropophages. Il traversa des régions si torrides que sous l'ardeur du soleil les chevelures s'allumaient d'elles-mêmes comme des flambeaux ; et d'autres qui étaient si glaciales que les bras, se détachant du corps, tombaient par terre ; et des pays où il y avait tant de brouillards que l'on marchait environné de fantômes.

Des républiques en embarras le consultèrent. Aux entrevues d'ambassadeurs, il obtenait des conditions inespérées. Si un monarque se conduisait trop mal, il arrivait tout à coup et lui faisait des remontrances. Il affranchit des peuples. Il délivra des reines enfermées dans des tours. C'est lui, et pas un autre, qui assomma la guivre de Milan et le dragon d'Oberbirbach.

Or l'empereur d'Occitanie, ayant triomphé des Musulmans espagnols, s'était joint par concubinage à la sœur du calife de Cordoue ; et il en conservait une fille, qu'il avait élevée chrétiennement. Mais le calife, faisant mine de vouloir se convertir, vint lui rendre visite, accompagné d'une escorte nombreuse, massacra toute sa garnison, et le plongea dans un cul de basse-fosse, où il le traitait durement, afin d'en extirper des trésors.

Julien accourut à son aide, détruisit l'armée des infidèles, assiégea la ville, tua le calife, coupa sa tête, et la jeta comme une boule par-dessus les remparts. Puis il tira l'empereur de sa prison, et le fit remonter sur son trône, en présence de toute sa cour.

L'empereur, pour prix d'un tel service, lui présenta dans des corbeilles beaucoup d'argent ; Julien n'en voulut pas. Croyant qu'il en désirait davantage, il lui offrit les trois quarts de ses richesses ; nouveau refus ; puis de partager son royaume ; Julien le remercia. Et l'empereur en pleurait de dépit, ne sachant de quelle manière témoigner sa reconnaissance, quand il se frappa le front, dit un mot à l'oreille d'un courtisan ; les rideaux d'une tapisserie se relevèrent, et une jeune fille parut.

Ses grands yeux noirs brillaient comme deux lampes très douces. Un sourire charmant écartait ses lèvres. Les anneaux de sa chevelure s'accrochaient aux pierreries de sa robe entrouverte ; et, sous la transparence de sa tunique, on devinait la jeunesse de son corps. Elle était toute mignonne et potelée, avec la taille fine.

Julien fut ébloui d'amour, d'autant plus qu'il avait mené jusqu'alors une vie très chaste.

Donc il reçut en mariage la fille de l'empereur, avec un château qu'elle tenait de sa mère ; et, les noces étant terminées, on se quitta, après des politesses infinies de part et d'autre.

C'était un palais de marbre blanc, bâti à la moresque, sur un promontoire, dans un bois d'orangers. Des terrasses de fleurs descendaient jusqu'au bord d'un golfe, où des coquilles roses craquaient sous les pas. Derrière le château, s'étendait une forêt ayant le dessin d'un éventail. Le ciel continuellement était bleu, et les arbres se penchaient tour à tour sous la brise de la mer et le vent des montagnes, qui fermaient au loin l'horizon.

Les chambres, pleines de crépuscule, se trouvaient éclairées par les incrustations des murailles. De hautes colonnettes, minces comme des roseaux, supportaient la voûte des coupoles, décorées de reliefs imitant les stalactites des grottes.

Il y avait des jets d'eau dans les salles, des mosaïques dans les cours, des cloisons festonnées, mille délicatesses d'architecture, et partout un tel silence que l'on entendait le frôlement d'une écharpe ou l'écho d'un soupir.

Julien ne faisait plus la guerre. Il se reposait, entouré d'un peuple tranquille ; et chaque jour, une foule passait devant lui, avec des génuflexions et des baise-mains à l'orientale.

Vêtu de pourpre, il restait accoudé dans l'embrasure d'une fenêtre, en se rappelant ses chasses d'autrefois ; et il aurait voulu courir sur le désert après les gazelles et les autruches, être caché dans les bambous à l'affût des léopards, traverser des forêts pleines de rhinocéros, atteindre au sommet des monts les plus inaccessibles pour viser mieux les aigles, et sur les glaçons de la mer combattre les ours blancs.

Quelquefois, dans un rêve, il se voyait comme notre père Adam au milieu du paradis, entre toutes les bêtes ; en allongeant le bras, il les faisait mourir ; ou bien, elles défilaient, deux à deux, par rang de taille, depuis les éléphants et les lions jusqu'aux hermines et aux canards, comme le jour qu'elles entrèrent dans l'arche de Noé. À l'ombre d'une caverne, il dardait sur elles des javelots infaillibles ; il en survenait d'autres ; cela n'en finissait pas ; et il se réveillait en roulant des yeux farouches.

Des princes de ses amis l'invitèrent à chasser. Il s'y refusa toujours, croyant, par cette sorte de pénitence, détourner son malheur ; car il lui semblait que du meurtre des animaux dépendait le sort de ses parents. Mais il souffrait de ne pas les voir, et son autre envie devenait insupportable.

Sa femme, pour le récréer, fit venir des jongleurs et des danseuses.

Elle se promenait avec lui, en litière ouverte, dans la campagne ; d'autres fois, étendus sur le bord d'une chaloupe, ils regardaient les poissons vagabonder dans l'eau, claire comme le ciel. Souvent elle lui jetait des fleurs au visage ; accroupie devant ses pieds, elle tirait des airs d'une mandoline à trois cordes ; puis, lui posant sur l'épaule ses deux mains jointes, disait d'une voix timide :

– Qu'avez-vous donc, cher seigneur ?

Il ne répondait pas, ou éclatait en sanglots ; enfin, un jour, il avoua son horrible pensée.

Elle la combattit en raisonnant très bien ; son père et sa mère, probablement, étaient morts ; si jamais il les revoyait, par quel hasard, dans quel but, arriverait-il à cette abomination ? Donc, sa crainte n'avait pas de cause, et il devait se remettre à chasser.

Julien souriait en l'écoutant, mais ne se décidait pas à satisfaire son désir.

Un soir du mois d'août qu'ils étaient dans leur chambre, elle venait de se coucher et il s'agenouillait pour sa prière quand il entendit le jappement d'un renard, puis des pas légers sous la fenêtre ; et il entrevit dans l'ombre comme des apparences d'animaux. La tentation était trop forte. Il décrocha son carquois.

Elle parut surprise.

– C'est pour t'obéir ! dit-il, au lever du soleil, je serai revenu.

Cependant elle redoutait une aventure funeste.

Il la rassura, puis sortit, étonné de l'inconséquence de son humeur.

Peu de temps après, un page vint annoncer que deux inconnus, à défaut du seigneur absent, réclamaient tout de suite la seigneuresse.

Et bientôt entrèrent dans la chambre un vieil homme et une vieille femme, courbés, poudreux, en habits de toile, et s'appuyant sur un bâton.

Ils s'enhardirent et déclarèrent qu'ils apportaient à Julien des nouvelles de ses parents.

Elle se pencha pour les entendre.

Mais, s'étant concertés du regard, ils lui demandèrent s'il les aimait toujours, s'il parlait d'eux quelquefois.

— Oh ! oui ! dit-elle.

Alors, ils s'écrièrent :

— Eh bien ! c'est nous !

Et ils s'assirent, étant fort las et recrus de fatigue.

Rien n'assurait à la jeune femme que son époux fût leur fils.

Ils en donnèrent la preuve, en décrivant des signes particuliers qu'il avait sur la peau.

Elle sauta hors sa couche, appela son page, et on leur servit un repas.

Bien qu'ils eussent grand'faim, ils ne pouvaient guère manger ; et elle observait à l'écart le tremblement de leurs mains osseuses, en prenant les gobelets.

Ils firent mille questions sur Julien. Elle répondait à chacune, mais eut soin de taire l'idée funèbre qui les concernait.

Ne le voyant pas revenir, ils étaient partis de leur château ; et ils marchaient depuis plusieurs années, sur de vagues indications, sans perdre l'espoir. Il avait fallu tant d'argent au péage des fleuves et dans les hôtelleries, pour les droits des princes et les exigences des voleurs, que le fond de leur bourse était vide, et qu'ils mendiaient, maintenant. Qu'importe, puisque bientôt, ils embrasseraient leur fils ? Ils exaltaient son bonheur d'avoir une femme aussi gentille, et ne se lassaient point de la contempler et de la baiser.

La richesse de l'appartement les étonnait beaucoup ; et le vieux, ayant examiné les murs, demanda pourquoi s'y trouvait le blason de l'empereur d'Occitanie.

Elle répliqua :

– C'est mon père !

Alors il tressaillit, se rappelant la prédiction du Bohême ; et la vieille songeait à la parole de l'Ermite. Sans doute la gloire de son fils n'était que l'aurore des splendeurs éternelles ; et tous les deux restaient béants, sous la lumière du candélabre qui éclairait la table.

Ils avaient dû être très beaux dans leur jeunesse. La mère avait encore tous ses cheveux, dont les bandeaux fins, pareils à des plaques de neige, pendaient jusqu'au bas de ses joues ; et le père, avec sa taille haute et sa grande barbe, ressemblait à une statue d'église.

La femme de Julien les engagea à ne pas l'attendre. Elle les coucha elle-même dans son lit, puis ferma la croisée ; ils s'endormirent. Le jour allait paraître, et, derrière le vitrail, les petits oiseaux commençaient à chanter.

Julien avait traversé le parc ; et il marchait dans la forêt d'un pas nerveux, jouissant de la mollesse du gazon et de la douceur de l'air.

Les ombres des arbres s'étendaient sur la mousse. Quelquefois la lune faisait des taches blanches dans les clairières, et il hésitait à s'avancer, croyant apercevoir une flaque d'eau, ou bien la surface des mares tranquilles se confondait avec la couleur de l'herbe. C'était partout un grand silence ; et il ne découvrait aucune des bêtes qui, peu de minutes auparavant, erraient à l'entour de son château.

Le bois s'épaissit, l'obscurité devint profonde. Des bouffées de vent chaud passaient, pleines de senteurs amollissantes. Il enfonçait dans des tas de feuilles mortes, et il s'appuya contre un chêne pour haleter un peu.

Tout à coup, derrière son dos, bondit une masse plus noire, un sanglier. Julien n'eut pas le temps de saisir son arc, et il s'en affligea comme d'un malheur.

Puis, étant sorti du bois, il aperçut un loup qui filait le long d'une haie.

Julien lui envoya une flèche. Le loup s'arrêta, tourna la tête pour le voir et reprit sa course. Il trottait en gardant toujours la même distance, s'arrêtait de temps à autre, et, sitôt qu'il était visé, recommençait à fuir.

Julien parcourut de cette manière une plaine interminable, puis des monticules de sable, et enfin, il se trouva sur un plateau dominant un grand espace de pays. Des pierres plates étaient clairsemées entre des caveaux en ruine. On trébuchait sur des ossements de morts ; de place en place, des croix vermoulues se penchaient d'un air lamentable. Mais des formes remuèrent dans l'ombre indécise des tombeaux ; et il en surgit des hyènes, tout effarées, pantelantes. En faisant claquer leurs ongles sur les dalles, elles vinrent à lui et le flairaient avec un bâillement qui découvrait leurs gencives. Il dégaina son sabre. Elles partirent à la fois dans toutes les directions, et, continuant leur galop boiteux et précipité, se perdirent au loin sous un flot de poussière.

Une heure après, il rencontra dans un ravin un taureau furieux, les cornes en avant, et qui grattait le sable avec son pied. Julien lui pointa sa lance sous les fanons. Elle éclata, comme si l'animal eût été de bronze ; il ferma les yeux, attendant sa mort. Quand il les rouvrit, le taureau avait disparu.

Alors son âme s'affaissa de honte. Un pouvoir supérieur détruisait sa force ; et pour s'en retourner chez lui, il rentra dans la forêt.

Elle était embarrassée de lianes ; et il les coupait, avec son sabre quand une fouine glissa brusquement entre ses jambes, une panthère fit un bond par-dessus son épaule, un serpent monta en spirale autour d'un frêne.

Il y avait dans son feuillage un choucas monstrueux, qui regardait Julien ; et, çà et là, parurent entre les branches quantités de larges étincelles, comme si le firmament eût fait pleuvoir dans la forêt toutes ses étoiles. C'étaient des yeux d'animaux, des chats sauvages, des écureuils, des hiboux, des perroquets, des singes.

Julien darda contre eux ses flèches ; les flèches, avec leurs plumes, se posaient sur les feuilles comme des papillons blancs. Il leur jeta des pierres ; les pierres, sans rien toucher, retombaient. Il se maudit, aurait voulu se battre, hurla des imprécations, étouffait de rage.

Et tous les animaux qu'il avait poursuivis se représentèrent, faisant autour de lui un cercle étroit. Les uns étaient assis sur leur croupe, les autres dressés de toute leur taille. Il restait au milieu, glacé de terreur, incapable du moindre mouvement. Par un effort suprême de sa volonté il fit un pas ; ceux qui perchaient sur les arbres ouvrirent leurs ailes, ceux qui foulaient le sol déplacèrent leurs membres ; et tous l'accompagnaient.

Les hyènes marchaient devant lui, le loup et le sanglier par-derrière. Le taureau, à sa droite, balançait la tête ; et, à sa gauche, le serpent ondulait dans les herbes, tandis que la panthère, bombant son dos, avançait à pas de velours et à grandes enjambées. Il allait le plus lentement possible pour ne pas les irriter ; et il voyait sortir de la profondeur des buissons des porcs-épics, des renards, des vipères, des chacals et des ours.

Julien se mit à courir ; ils coururent. Le serpent sifflait, les bêtes puantes bavaient. Le sanglier lui frottait les talons avec ses défenses, le loup, l'intérieur des mains avec les poils de son museau. Les singes le pinçaient en grimaçant, la fouine se roulait sur ses pieds. Un ours, d'un revers de patte, lui enleva son chapeau ; et la panthère, dédaigneusement, laissa tomber une flèche qu'elle portait à sa gueule.

Une ironie perçait dans leurs allures sournoises. Tout en l'observant du coin de leurs prunelles, ils semblaient méditer un plan de vengeance ; et, assourdi par le bourdonnement des insectes, battu par des queues d'oiseau, suffoqué par des haleines, il marchait les bras tendus et les paupières closes comme un aveugle, sans même avoir la force de crier « grâce ! »

Le chant d'un coq vibra dans l'air. D'autres y répondirent ; c'était le jour ; et il reconnut, au-delà des orangers, le faîte de son palais.

Puis, au bord d'un champ, il vit, à trois pas d'intervalle, des perdrix rouges qui voletaient dans les chaumes. Il dégrafa son manteau, et l'abattit sur elles comme un filet. Quand il les eut découvertes, il n'en trouva qu'une seule, et morte depuis longtemps, pourrie.

Cette déception l'exaspéra plus que toutes les autres. Sa soif de carnage le reprenait ; les bêtes manquant, il aurait voulu massacrer des hommes.

Il gravit les trois terrasses, enfonça la porte d'un coup de poing ; mais, au bas de l'escalier, le souvenir de sa chère femme détendit son cœur. Elle dormait sans doute, et il allait la surprendre.

Ayant retiré ses sandales, il tourna doucement la serrure, et entra.

Les vitraux garnis de plomb obscurcissaient la pâleur de l'aube. Julien se prit les pieds dans des vêtements, par terre ; un peu plus loin, il heurta une crédence encore chargée de vaisselle. « Sans doute, elle aura mangé », se dit-il ; et il avançait vers le lit, perdu dans les ténèbres, au fond de la chambre. Quand il fut au bord, afin d'embrasser sa femme, il se pencha sur l'oreiller où les deux têtes reposaient l'une près de l'autre. Alors, il sentit contre sa bouche l'impression d'une barbe.

Il se recula, croyant devenir fou ; mais il revint près du lit, et ses doigts, en palpant, rencontrèrent des cheveux, qui étaient très longs. Pour se convaincre de son erreur, il repassa lentement sa main sur l'oreiller. C'était bien une barbe, cette fois, et un homme ! un homme couché avec sa femme !

Éclatant d'une colère démesurée, il bondit sur eux, à coups de poignard ; et il trépignait, écumait, avec des hurlements de bête fauve. Puis il s'arrêta. Les morts, percés au cœur, n'avaient pas même bougé. Il écoutait attentivement leurs deux râles presque égaux, et, à mesure qu'ils s'affaiblissaient, un autre, tout au loin, les continuait. Incertaine d'abord, cette voix plaintive, longuement poussée, se rapprochait, s'enfla, devint cruelle, et il reconnut, terrifié, le bramement du grand cerf noir.

Et comme il se retournait, il crut voir, dans l'encadrure de la porte, le fantôme de sa femme, une lumière à la main.

Le tapage du meurtre l'avait attirée. D'un large coup d'œil, elle comprit tout, et s'enfuyant d'horreur laissa tomber son flambeau.

Il le ramassa.

Son père et sa mère étaient devant lui, étendus sur le dos, avec un trou dans la poitrine ; et leurs visages, d'une majestueuse douceur, avaient l'air de garder comme un secret éternel. Des éclaboussures et des flaques de sang s'étalaient au milieu de leur peau blanche, sur les draps du lit, par terre, le long d'un Christ d'ivoire suspendu dans l'alcôve. Le reflet écarlate du vitrail, alors frappé par le soleil, éclairait ces taches rouges, et en jetait de plus nombreuses dans tout l'appartement. Julien marcha vers les deux morts en se disant, en voulant croire que cela n'était pas possible, qu'il s'était trompé, qu'il y a parfois des ressemblances inexplicables. Enfin, il se baissa légèrement pour voir de tout près le vieillard ; et il aperçut, entre ses paupières mal fermées, une prunelle éteinte, qui le brûla comme du feu. Puis il se porta de l'autre côté de la couche, occupé par l'autre corps, dont les cheveux blancs masquaient une partie de la figure. Julien lui passa les doigts sous ses bandeaux, leva sa tête ; – et il la regardait, en la tenant au bout de son bras roidi, pendant que de l'autre main, il s'éclairait avec le flambeau. Des gouttes, suintant du matelas, tombaient une à une sur le plancher.

À la fin du jour, il se présenta devant sa femme ; et, d'une voix différente de la sienne, il lui commande premièrement de ne pas lui répondre, de ne pas l'approcher, de ne plus même le regarder, et qu'elle eût à suivre, sous peine de damnation, tous ses ordres qui étaient irrévocables.

Les funérailles seraient faites selon les instructions qu'il avait laissées par écrit, sur un prie-Dieu, dans la chambre des morts. Il lui abandonnait son palais, ses vassaux, tous ses biens, sans même retenir les vêtements de son corps, et ses sandales, que l'on trouverait au haut de l'escalier.

Elle avait obéi à la volonté de Dieu, en occasionnant son crime, et devait prier pour son âme, puisque désormais il n'existait plus.

On enterra les morts avec magnificence, dans l'église d'un monastère à trois journées du château. Un moine en cagoule rabattue suivit le cortège, loin de tous les autres, sans que personne osât lui parler.

Il resta, pendant la messe, à plat ventre au milieu du portail, les bras en croix, et le front dans la poussière.

Après l'ensevelissement, on le vit prendre le chemin qui menait aux montagnes. Il se retourna plusieurs fois et finit par disparaître.

III

Il s'en alla, mendiant sa vie par le monde.

Il tendait sa main aux cavaliers sur les routes, avec des génuflexions s'approchait des moissonneurs, ou restait immobile devant la barrière des cours ; et son visage était si triste que jamais on ne lui refusait l'aumône.

Par esprit d'humilité, il racontait son histoire ; alors tous s'enfuyaient, en faisant des signes de croix. Dans les villages où il avait déjà passé, sitôt qu'il était reconnu, on fermait les portes, on lui criait des menaces, on lui jetait des pierres. Les plus charitables posaient une écuelle sur le bord de leur fenêtre, puis fermaient l'auvent pour ne pas l'apercevoir.

Repoussé de partout, il évita les hommes ; et il se nourrit de racines, de plantes, de fruits perdus, et de coquillages qu'il cherchait le long des grèves.

Quelquefois, au tournant d'une côte, il voyait sous ses yeux une confusion de toits pressés, avec des flèches de pierre, des points, des tours, des rues noires s'entrecroisant, et d'où montait jusqu'à lui un bourdonnement continuel.

Le besoin de se mêler à l'existence des autres le faisait descendre dans la ville. Mais l'air bestial des figures, le tapage des métiers, l'indifférence des propos glaçaient son cœur. Les jours de fête, quand le bourdon des cathédrales mettait en joie dès l'aurore le peuple entier, il regardait les habitants sortir de leurs maisons, puis les danses sur les places, les fontaines de cervoise dans les carrefours, les tentures de damas devant le logis des princes, et le soir venu, par le vitrage des rez-de-chaussée, les longues tables de famille, où des aïeux tenaient des petits enfants sur leurs genoux ; des sanglots l'étouffaient, et il s'en retournait vers la campagne.

Il contemplait avec des élancements d'amour les poulains dans les herbages, les oiseaux dans leurs nids, les insectes sur les fleurs ; tous, à son approche, couraient plus loin, se cachaient effarés, s'envolaient bien vite.

Il rechercha les solitudes. Mais le vent apportait à son oreille comme des râles d'agonie ; les larmes de la rosée tombant par terre lui rappelaient d'autres gouttes d'un poids plus lourd. Le soleil, tous les soirs, étalait du sang dans les nuages ; et chaque nuit, en rêve, son parricide recommençait.

Il se fit un cilice avec des pointes de fer. Il monta sur les deux genoux toutes les collines ayant une chapelle à leur sommet. Mais l'impitoyable pensée obscurcissait la splendeur des tabernacles, le torturait à travers les macérations de la pénitence.

Il ne se révoltait pas contre Dieu qui lui avait infligé cette action, et pourtant se désespérait de l'avoir pu commettre.

Sa propre personne lui faisait tellement horreur qu'espérant s'en délivrer il l'aventura dans des périls. Il sauva des paralytiques des incendies, des enfants du fond des gouffres. L'abîme le rejetait, les flammes l'épargnaient.

Le temps n'apaisa pas sa souffrance. Elle devenait intolérable. Il résolut de mourir.

Et un jour qu'il se trouvait au bord d'une fontaine, comme il se penchait dessus pour juger de la profondeur de l'eau, il vit paraître en face de lui un vieillard tout décharné, à barbe blanche, et d'un aspect si lamentable qu'il lui fut impossible de retenir ses pleurs. L'autre, aussi, pleurait. Sans reconnaître son image, Julien se rappelait confusément une figure ressemblant à celle-là. Tout à coup, il poussa un cri. C'était son père, et il ne pensa plus à se tuer.

Ainsi, portant le poids de son souvenir, il parcourut beaucoup de pays ; et il arriva près d'un fleuve dont la traversée était dangereuse, à cause de sa violence, et parce qu'il y avait sur les rives une grande étendue de vase. Personne depuis longtemps n'osait plus le passer.

Une vieille barque, enfouie à l'arrière, dressait sa proue dans les roseaux. Julien, en l'examinant découvrit une paire d'avirons ; et l'idée lui vint d'employer son existence au service des autres.

Il commença par établir sur la berge une manière de chaussée qui permettait de descendre jusqu'au chenal ; et il se brisait les ongles à remuer les pierres énormes, les appuyait contre son ventre pour les transporter, glissait dans la vase, y enfonçait, manqua périr plusieurs fois.

Ensuite, il répara le bateau avec des épaves de navires, et il se fit une cahute avec de la terre glaise et des troncs d'arbres.

Le passage étant connu, les voyageurs se présentèrent. Ils l'appelaient de l'autre bord, en agitant des drapeaux ; Julien bien vite sautait dans sa barque. Elle était très lourde ; et on la surchargeait par toutes sortes de bagages et de fardeaux, sans compter les bêtes de somme, qui, ruant de peur, augmentaient l'encombrement. Il ne demandait rien pour sa peine ; quelques-uns lui donnaient des restes de victuailles qu'ils tiraient de leur bissac, ou les habits trop usés dont ils ne voulaient plus. Des brutaux vociféraient des blasphèmes. Julien les reprenait avec douceur ; et ils ripostaient par des injures. Il se contentait de les bénir.

Une petite table, un escabeau, un lit de feuilles mortes et trois coupes d'argile, voilà tout ce qu'était son mobilier. Deux trous dans la muraille servaient de fenêtres. D'un côté s'étendaient à perte de vue des plaines stériles ayant sur leur surface de pâles étangs, çà et là ; et le grand fleuve, devant lui, roulait ses flots verdâtres. Au printemps, la terre humide avait une odeur de pourriture. Puis un vent désordonné soulevait la poussière en tourbillons. Elle entrait partout, embourbait l'eau, craquait sous les gencives. Un peu plus tard, c'étaient des nuages de moustiques, dont la susurration et les piqûres ne s'arrêtaient ni jour ni nuit. Ensuite, survenaient d'atroces gelées qui donnaient aux choses la rigidité de la pierre, et inspiraient un besoin fou de manger de la viande.

Des mois s'écoulaient sans que Julien vît personne. Souvent il fermait les yeux, tâchant, par la mémoire, de revenir dans sa jeunesse ; – et la cour d'un château apparaissait, avec des lévriers sur un perron, des valets dans la salle d'armes, et, sous un berceau de pampres, un adolescent à cheveux blonds entre un vieillard couvert de fourrures et une dame à grand hennin ; tout à coup, les deux cadavres étaient là ; il se jetait à plat ventre sur son lit, et répétait en pleurant :

– Ah ! pauvre père ! pauvre mère ! pauvre mère !

Et tombait dans un assoupissement où les visions funèbres continuaient.

Une nuit qu'il dormait, il crut entendre quelqu'un l'appeler. Il tendit l'oreille et ne distingua que le mugissement des flots.

Mais la même voix reprit :

– Julien !

Elle venait de l'autre bord, ce qui lui parut extraordinaire, vu la largeur du fleuve.

Une troisième fois on appela :

– Julien !

Et cette voix haute avait l'intonation d'une cloche d'église.

Ayant allumé sa lanterne, il sortit de la cahute. Un ouragan furieux emplissait la nuit. Les ténèbres étaient profondes, et çà et là déchirées par la blancheur des vagues qui bondissaient.

Après une minute d'hésitation, Julien dénoua l'amarre. L'eau, tout de suite, devint tranquille, la barque glissa dessus et toucha l'autre berge, où un homme attendait.

Il était enveloppé d'une toile en lambeaux, la figure pareille à un masque de plâtre et les deux yeux plus rouges que des charbons. En approchant de lui la lanterne, Julien s'aperçut qu'une lèpre hideuse le recouvrait ; cependant, il avait dans son attitude comme une majesté de roi.

Dès qu'il entra dans la barque, elle enfonça prodigieusement, écrasée par son poids ; une secousse la remonta ; et Julien se mit à ramer.

À chaque coup d'aviron, le ressac des flots la soulevait par l'avant.

L'eau, plus noire que de l'encre, courait avec furie des deux côtés du bordage. Elle creusait des abîmes, elle faisait des montagnes, et la chaloupe sautait dessus, puis redescendait dans des profondeurs où elle tournoyait, ballottée par le vent.

Julien penchait son corps, dépliait les bras, et, s'arc-boutant des pieds, se renversait avec une torsion de la taille, pour avoir plus de force. La grêle cinglait ses mains, la pluie coulait dans son dos, la violence de l'air l'étouffait, il s'arrêta. Alors le bateau fut emporté à la dérive. Mais, comprenant qu'il s'agissait d'une chose considérable, d'un ordre auquel il ne fallait pas désobéir, il reprit ses avirons ; et le claquement des tolets coupait la clameur de la tempête.

La petite lanterne brûlait devant lui. Des oiseaux, en voletant, la cachaient par intervalles. Mais toujours il apercevait les prunelles du lépreux, qui se tenait debout à l'arrière, immobile comme une colonne.

Et cela dura longtemps, très longtemps !

Quand ils furent arrivés dans la cahute, Julien ferma la porte ; et il le vit siégeant sur l'escabeau. L'espèce de linceul qui le recouvrait était tombé jusqu'à ses hanches ; et ses épaules, sa poitrine, ses bras maigres disparaissaient sous des plaques de pustules écailleuses. Des rides énormes labouraient son front. Tel qu'un squelette, il avait un trou à la place du nez ; et ses lèvres bleuâtres dégageaient une haleine épaisse comme un brouillard et nauséabonde.

– J'ai faim ! dit-il.

Julien lui donna ce qu'il possédait, un vieux quartier de lard et les croûtes d'un pain noir.

Quand il les eut dévorés, la table, l'écuelle et le manche du couteau portaient les mêmes taches que l'on voyait sur son corps.

Ensuite, il dit :

– J'ai soif !

Julien alla chercher sa cruche ; et, comme il la prenait, il en sortit un arôme qui dilata son cœur et ses narines. C'était du vin ; quelle trouvaille ! mais le lépreux avança le bras et d'un trait vida toute la cruche.

Puis il dit :

– J'ai froid !

Julien, avec sa chandelle, enflamma un paquet de fougères, au milieu de la cabane.

Le Lépreux vint s'y chauffer ; et, accroupi sur les talons, il tremblait de tous ses membres, s'affaiblissait ; ses yeux ne brillaient plus, ses ulcères coulaient, et, d'une voix presque éteinte, il murmura :

– Ton lit !

Julien l'aida doucement à s'y traîner, et même étendit sur lui, pour le couvrir, la toile de son bateau.

Le lépreux gémissait. Les coins de sa bouche découvraient ses dents, un râle accéléré lui secouait la poitrine, et son ventre, à chacune de ses aspirations, se creusait jusqu'aux vertèbres.

Puis il ferma les paupières.

– C'est comme de la glace dans mes os ! Viens près de moi !

Et Julien, écartant la toile, se coucha sur les feuilles mortes, près de lui, côte à côte.

Le Lépreux tourna la tête.

– Déshabille-toi, pour que j'aie la chaleur de ton corps !

Julien ôta ses vêtements ; puis, nu comme au jour de sa naissance, se replaça dans le lit ; et il sentait contre sa cuisse la peau du Lépreux, plus froide qu'un serpent et rude comme une lime.

Il tâchait de l'encourager ; et l'autre répondait, en haletant :

– Ah ! je vais mourir !… Rapproche-toi, réchauffe-moi ! Pas avec les mains ! non ! toute ta personne !

Julien s'étala dessus complètement, bouche contre bouche, poitrine sur poitrine.

Alors le lépreux l'étreignit ; et ses yeux tout à coup prirent une clarté d'étoiles ; ses cheveux s'allongèrent comme les rais du soleil ; le souffle de ses narines avait la douceur des roses ; un nuage d'encens s'éleva du foyer, les flots chantaient.

Cependant une abondance de délices, une joie surhumaine descendait comme une inondation, dans l'âme de Julien pâmé ; et celui dont les bras le serraient toujours, grandissait, grandissait, touchant de sa tête et de ses pieds les deux murs de la cabane. Le toit s'envola, le firmament se déployait ; – et Julien monta vers les espaces bleus, face à face avec Notre-Seigneur Jésus, qui l'emportait dans le ciel.

Et voilà l'histoire de saint Julien-l'Hospitalier, telle à peu près qu'on la trouve, sur un vitrail d'église, dans mon pays.